鉴往知来系列图书

灵魂的自白

瞿秋白《多余的话》品读

陈培永
编著

CNS | 湖南人民出版社·长沙

总　序

摆在读者面前的这套“鉴往知来”系列图书，力求使近代以来中国思想史上的经典学术作品重装呈现，让这些作品与我们的时代、我们的社会、我们的生活亲密接触。作为总序，我想写三句话给读者也给自己以交代。

所选确为佳作。这套书首先是经典作品推介，担负着为今天的读者荐文鉴书的重任。它选取的是中国近现代思想史上的名家名作，这些作品有可能众所周知，有可能被偶尔提及，有可能很多人只知其一，有可能想看却无从查阅。我们要做经典作品整理的工作，用系列图书的方式将它们整合起来。入选的作品，得是值得典藏的、可读性强的或者是影响历史走向的名作，是有特定时代标记但又超越那个时代在今天依然值得阅读的力作，是短小精湛、以小博大而非大部头的佳作。

所写皆要可读。在每部作品前面，附上一万字左右的品读文字，什么样的解读才配得上即将出场的作品？这个问题我想了很久，总体的考量是：围绕一个主题、一个框架展开；对原文重要段落、核心观点进行深度解读；写我们这个时代的事，拉近历史、思想与现实的距离；文风真诚简约，不写大话空论，避免过度诗情画意。我希望的是，立足当下，以往为鉴，写给未来，借由短段、金句、精读、感悟，以清新之文风写时代之话语，写出围绕经典又能脱离经典可以独立阅读的作品，如果能打造出写经典的经典，就再好不过了。

所期能够长久。这套书应该有多少本？这个事情能否成为事业？还没有答案。我是有私心的，想通过做这套书，逼着自己去阅读尽可能多的名家作品，在与它们的对话中进一步夯实自己的学术地基。因此，这套书是为了学术理想而做，是为了让自己的学问能够持续下去而写。以学术为志业，都应该有学术理想，只不过学术理想不是想有就能有的，往往是在坚持不懈的学术创作中渐渐生成、逐步实现的。我希望通过出版社和自己以及团队的努力，让这套书持续做下去，在自己的书柜上占据越来越大的地方。

盼望有越来越多的读者愿意选择这套书来读，将它们摆在案头、放在床边、带在出差的飞机或火车上、翻阅在舒服的沙发里……这才是这套书持续做下去的不竭动力。

文字虽少，写我衷心。是为序。

陈培永

2024 年 2 月 18 日

目录

品读

原文

辦新社會雜誌。一九二〇年八月，應北京晨報聘請赴俄任通訊員，翌年一月，抵莫斯科，五月，張太雷由華到莫，介彼入共產黨，九月，任東方大學繙譯，始為正式黨員。一九二三年一月返國，參加中共第三次全國代表大會，旋又加入中國國民黨，並任教職於上海大學。一九二四年一月與王劍虹結婚，旋赴粵參加國民黨第二次全國代表大會，同年七月，劍虹死，十一月七日，又與楊之華結婚於上海。一九二五年一月，參加中共第四次大會，被舉為中委。一九二七年二月，寫批評彭述之的小冊子，三月，到武漢，四月，參加中共第五次大會，七月，宣言退出國民黨，轉赴廬山，八月七日，參加「八七」緊急會議，會議後，實際主持所謂中央政治局。一九二八年再赴俄參加共產黨六次大會，即留俄為中國共產黨代表。一九三〇年六月被撤銷代表職，七月，起程返國，仍在中政局工作，九月，參加中共三中全會。一九三一年一月，參加中共四中全會，被開除政治局委員職。一九三二年秋，大病幾死。一九三四年二月五日，由上海取道福建入赤區瑞金，任偽教育人民委員，一九三五年二月，離瑞金，二月廿三日，抵福建長汀之水口，被俘獲，旋解入上杭縣監獄，五月九日，解汀州三十六師。七月，在汀州槍決。在獄時，為人書屏聯治印章甚多，鎮日飲酒，刑前猶盡酒兩瓶。抵刑場，席地而坐，顫聲以俄語唱國際歌，飲兩彈，乃仆地畢命。其畢生之經歷如此。

瞿在赤區任偽教育人民委員時，態度甚消極，因之頗為博古洛甫周恩來等所輕蔑，時於大會中痛加批評，且必須瞿當衆自承其錯誤，瞿唯唯否否，絕不置意；惟與毛澤東甚相得，時相唱和。又常騷怨於叢林淺草間，意頗自適。彼蓋久已厭倦政治生涯，但終無法擺脫。假如瞿能安其文人本分，在文學上當能有若干成就。又假如當局能以待陳獨秀者待瞿，若干有價值之史料，當亦可因瞿而傳；然而這才真是「多餘的話」叫。　雪華附記 廿六年元月十日

多餘的話

瞿秋白

目次

「知我者，謂我心憂；
不知我者，謂我何求。」

何必說？

——代序

話既然是多餘的，又何必說呢？已經是走到生命的盡期，餘剩的日子，不但不能按照年份來算了，就是有話，也可說可不說的了。

《逸经》版原文一

但是，不幸我捲入了「歷史的糾葛」——直到現在，外間好些人還以爲我是怎樣怎樣的。我不怕人家責備，歸罪，我倒怕人家「欽佩」。但願以後的青年不要學我的樣子，不要以爲我以前寫的東西是代表什麼什麼主義的；所以我願意趁這餘剩的生命還沒有結束的時候，寫一點最後的最坦白的話。

而且，因爲「歷史的誤會」，我十五年來勉强做着政治工作。——正因爲勉强，所以也永久做不好，手裏做着這個，心裏想着裏個，在當時是形格勢禁，沒有餘暇和可能說一說我自己的心思，而且時刻得扮演一定的角色，現在我已經完全被解除了武裝，被拉出了隊伍，只剩得我自己了，心上有不能自已的衝動和需要。說一說內心的話，徹底暴露內心的眞相，布爾塞維克所討厭的小布爾喬亞智識者的自我分析的脾氣，不能夠不發作了。

雖然我明知道這裏所寫的，未必能夠到得讀者手裏，也未必有出版價值，但是，我還是寫一寫罷。人往往喜歡談天，有時候不管聽的人是誰，能夠亂談幾句，心上也就痛快了。何況我是在絕滅的前夜，這是我最後「談天」的機會呢？

瞿秋白　一九三五，五，一七，于汀州獄中。

『歷史的誤會』

我在母親自殺家庭離散之後，才然一身跑到北大，只願能夠考進北大，研究中國文學，將來做個教員度過這一世，甚麼「治國平天下」的大志都是沒有的，壞在「讀書種子」愛書本子，愛文藝，不能安分守己的，專心於升官發財。到了北京之後，住在堂兄純白家裏，北大的學膳費也希望他能夠幫助我——他却沒有這種可能，叫我去考普通文官考試，又沒有考上，結果，是挑選一個既不要學費又有「出身」的外交部立俄文專修館去進。這樣，我就開始學俄文了（一九一七夏），當時並不知道俄國已經革命，也不知道俄國文學的偉大意義，不過當作將來謀一碗飯吃的本事罷了。

一九一八年開始看了許多新雜誌，思想上似乎有相當的進展，新的人生觀正在形成。可是，根據我的性格，所形成的與其說是革命思想，無寧說是厭世主義的理智化。所以最早我同鄭振鐸、瞿世英、耿濟之幾個朋友組織「新社會」雜誌的時候，我是一個近于托爾斯泰派的無政府主義者，而且，根本上我不是一個「政治動物」。五四運動期間只有極短期的政治活動，不久，因爲已經能夠查着字典看俄國文學名著，我的注意力就大部份放在文藝方面了，對于政治上的各種主義，都不過略略「涉獵」求得一些現代常識，並沒有興趣去詳細研究。然而可以說，這時就開始「歷史的誤會」了：事情是這樣的——五四運動一開始，我就當了俄文專修館的總代表之一，當時的同學裏，誰也不願意幹，結果，我得做這一學校的「政治領袖」，我得組織同學羣衆去參加當時的政治運動。不久，李大釗張崧年他們發起馬克思主義研究會（或是「俄羅斯研究會」罷？）我也因爲讀了俄文的倍倍爾的「婦女與社會」的某幾段，對於社會——尤其是社會主義最終理想發生了好奇心和研究的興趣，所以也加入了，這時候大概是

《逸经》版原文二

一九一九年底一九二〇年初，學生運動正在轉變和分化，學生會的工作也沒有以前那麼熱烈了。我就多讀了一些書。

最後有了機會到俄國去了——北京晨報要派通信記者到莫斯科去，來找我。我想看一看那「新國家」，尤其是借些機會把俄國文學好好研究一下，的確是一件最愜意的事，於是就動身去。（一九二〇年八月）

最初，的確吃了幾個月黑麵包，餓了好些時候，後來俄國國內戰爭停止，新經濟政策實行，生活也就寬裕了些。我在這幾個月內，請了私人教授，研究俄文，俄國史，俄國文學史，同時為着晨報的通信也很用心看俄國共產黨的報紙，文件，調查一些革命事蹟。我當時對於共產主義只有同情和相當的了解，並沒有想到要加入共產黨，更沒有心思要自己來做中國共產黨的「創始人」，因為那時候，我誤會着加入了黨就不能專修文學——學文學彷彿就是不革命的觀念，在當時已經通行了。

可是，在當時的莫斯科，除我以外，一個俄文翻譯都找不到。因此，東方大學開辦中國班的時候（一九二一年秋）我就當了東大的翻譯和助教；因為職務的關係對馬克思主義的理論書籍不得不研究些，而文藝反而看得少了。不久（一九二二年底）陳獨秀代表中國共產黨到莫斯科，（那時我已經是共產黨員，還是張太雷介紹我進黨的）我就當他的翻譯。獨秀回國的時候，他要我回來工作，我就同了他回到北京。于右任鄭中夏等創辦「上海大學」的時候，我正在上海，這是一九二三年夏天，他們請我當上大的教務長兼社會學系主任；那時，我在黨內只負着一點宣傳工作，編輯「新青年」。

上大初期，我還有餘暇研究一些文藝問題，到了國民黨改組，我來往上海廣州之間，當翻譯，參加一些國民黨工作（例如上海的國民黨中央執行部的委員等）；而一九二五年一月共產黨第四次全國代表大會，又選舉了我的中央委員，這時候，就簡直完全只能做政治工作了。我的肺病又不時發作，更沒有可能從事於我所愛好的文藝。雖然我當時對政治問題還有相當的興趣，可是有時也會懷念着文藝而「悵然若失」的。

武漢時代的前夜（一九二七年初），我正從重病之中脫險，將近病好的時候，陳獨秀彭述之等的政治主張，逐漸暴露機會主義的實質，一般黨員對他們失掉信義。在中國共產黨第五次大會上（一九二七年四五月間）獨秀雖然仍舊被選，但是對於領導已經不大行了。武漢的國共分裂之後，獨秀竟退出中央，那時候，沒有別人主持，就輪到我主持中央政治局。其實，我雖然在一九二六年年底及一九二七年年初就發表了一些議論反對彭述之，隨後不得不反對陳獨秀，可是，我根本上不願意自己來代替他們——至少是獨秀。我確是一種調和派的見解，當時只想獨秀能夠糾正他的錯誤觀念，不聽述之的理論，等到實逼處此，要我「取獨秀而代之」，我一開始就覺得非常之「不合式」。但是，又沒有別的辦法。這樣我担負了直接的政治領導有一年光景（一九二七年到一九二八年五月）。這期間發生了南昌暴動。當時，我的領導在方式上同獨秀時代不同了，獨

《逸经》版原文三

秀是事無大小都參加主持的，我却因爲對組織尤其是軍事非常不明瞭也毫無興趣，所以只發表一般的政治主張，其餘調遣人員，和實行的具體計劃等，就完全聽組織部軍事部去辦，那時我感覺到空談無聊，但是，轉念要退出領導地位，又感得好像是拆台，這樣，勉強着自己度過了這一時期。

一九二八年六月開共產黨第六次大會的時候，許多同志反對我，也有許多同志贊成我，我的進退成爲黨的政治主張的聯帶問題。所以，我雖然屢次想說：『你們饒了我罷，我實在沒有興趣和能力負担這個領導工作了。』但是終於沒有說出口。當時形格勢禁，舊幹部中沒有別人，新幹部起來領導的形勢還沒有成熟，我只得仍舊担着這個名義。可是，事實上六大之後，中國共產黨的直接領導者是李立三和向忠發等等，因爲他們在國內主持實際工作，而我只在莫斯科當代表當了兩年。直到立三的政治路線走上了錯誤的道路，我回到上海開三中全會（一九三〇年九底）我更覺得自己的政治能力確實非常薄弱，竟辨別不出月立三的錯誤程度。結果，中央不得不再召集會議——就是四中全會，來開除立三的中央委員，我的政治局委員，新幹部起來接替了政治上的最高領導，我當時覺得鬆了一口氣，從一九二五年到一九三一年初，整整五年我居然當了中國共產黨領袖之一，最後三年甚至彷彿是最主要的領袖（不過並沒有像外間所傳說的「總書記」的名義）。

我自己忖度着，像我這樣性格，才能，學識，當中國共產黨的領袖確實是一個「歷史的誤會」，我本是一個半吊子的「文人」而已。直到最後還是「文人結習未除」的。對於政治，從一九二七年起就逐漸減少興趣，到最近一年——在瑞金的一年實在完全沒有興趣了。工作是「但求無過」的態度；全國的政治情形實在懈悶得，一方面固然是身體衰弱，精力短少，而表現十二分疲勞的狀態，別方面也是十幾年爲着「顧全大局」勉強負擔一時的政治繙譯，政治工作，而一直拖延下來，實在違反我的興趣和性情的結果，這眞是十幾年的一場誤會，一場噩夢。

我寫這些話，決不是要脫卸什麼責任——客觀上我對共產黨或是國民黨的「黨國」應當負什麼責任，我決不推托，也決不能用我主觀的情緒來加以原諒或者減輕。我不過想把眞情，在死之前，說出來罷了。總之，我其實是一個很平凡的文人，竟虛負了某某黨的領袖的聲名十來年，這不是「歷史的誤會」，是什麼呢？

（待續）

請長期定閱逸經　▲理性的呼籲

一、由本社直接辦理，提前寄發，務使先讀爲快。
二、按期寄送，不必每期親自購買。
三、每期零沽一角二分，定閱全年二十四期，國內僅收二元六角（連郵費）。
四、特大號每年六期，零沽每冊二角，長期定閱者並不加價。

長期定閱之利益

本社發行人由社長簡又文先生親自負責，務求穩妥滿意。

《逸经》版原文四

鉴往知来
系列图书

灵魂的自白

1935年，瞿秋白36岁，身陷国民党的监狱中，自知时日不多。好在，他有机会留下文字，对自己短短一生的经历、对自己所干的事业进行总结和反思。他用了几天时间写下了2万多字的文章，起名为《多余的话》。

这是一名中国共产党人在狱中写下的遗作，但其中没有多少临危不惧、视死如归的豪情壮志，反倒更多表达了阴差阳错走上政治这条路、不得不疲于应付的有心无力，因而使这篇遗作成为充满争议、读来让人心痛与无奈的作品。

这无疑是一个复杂的文本，是一个让任何阅读者都不敢说完全理解透彻的作品。里面充斥着真正的文字游戏，包含着让人无法猜透的真真假假的话。甚至于，当我们走进这个作品，得从这是“谁写的话、写给谁的话、真是多余的话吗”这样的问题开始追问，我们还要思考其中的文字究竟是真是假、哪些为真哪些为假，这种临终之前所说的话能给在今天过着日常生活的我们一种什么样的启迪？

一、谁写的话、写给谁的话？

《多余的话》当然是瞿秋白所写的话，但谁又能保证一定是他写的话呢？

毕竟，在他写完之后，稿子交给了国民党第 36 师师长宋希濂，并上报给蒋介石，经批准后才分别于 1935 年 8 月、1937 年 3 月被国统区的报刊《社会新闻》节载、《逸经》全文刊载。这期间，蒋介石完全可以偷梁换柱，用另外一篇文章代替，至少可以删减或修改一些文字，以实现最大程度地为己利用。这部作品面世后，确实受到不少认识瞿秋白的人质疑，认定这并不是瞿秋白写的而是国民党伪造的。时过境迁，这个问题似乎已经有了定论，《多余的话》确实为瞿秋白所写，很少有人再否认。

认定《多余的话》是瞿秋白写的话，接下来的问题就是，这些话是写给谁的？

在当时，瞿秋白是无法确定他写的文字能够出版、能够让社会公众看到的，更是无法确定是否能被自己党内的同志看到，他能确定的“读者”对象是，国民党的高级将领包括蒋介石本人。据此可以相信，有些话甚至很多话都是写给国民党看的。给国民党说什么呢？他写道，“我已经退出了无产阶级的革命先锋的队伍，已经停止了政治，放下了武器”，“我自由不自由，同样是不能够继续斗争的了”。这些话都是一些有机会让自己活下去的话，他要让蒋介石以及国民党人看到自己早就不是共产党的领导人物，早已经离开共产党的队伍，对政治既没有兴趣也没有能力，自己的政治生命早已经结束了。

既然是写给国民党的话，自然并不全是真话。这些话都在说明，他对国民党已经没有伤害性。他是想活下去的，但又不愿因为自己求生想活而背叛党组织、背叛其他党内同志，他因此只能在不变节、不投敌的情况下，在不背叛任何人的情况下求生图存，不得不说一些软话假话、自轻自贱、伤感消沉的话。

如果这样想的话，那我们也可以说，《多余的话》也是写给自己党内同志的话。因为只有以这种笔调、这种文风、这种姿态，这些话才能够传给党内同志，才能让党内同志知道自己的境况，理解自己的想法。他越是想给党内同志写，就越不能让人看出是写给党内同志的。一定得是这样的话，才能发表出来，而做好了传出来的打算，他就一定得在文中表达一些别人看不出来或读不出来的观点。

写给党内同志，是要表达告别的。他也知道，无论怎么写怎么说，他都不一定能活着出去，他必须做好永远告别的打算。在最后一部分，我们能够读出来这种强烈的感觉，“永别了，亲爱的同志们！”“永别了，亲爱的朋友们！”这些话不是写给自己人看的还能是写给谁看的呢？

已经不能与党内同志并肩前进，瞿秋白只能表达祝福和激励的话，“你们去算账罢，你们在斗争中勇猛精进着，我可以羡慕你们，祝贺你们，但是已经不能够跟随你们了。我不觉得可惜，同样我也不觉得后悔，虽然我枉费一生心力在我所不感兴味的政治上”。在这里可以理解，瞿秋白想安慰自己的同志们，不值得为自己而难过和伤痛，他不愿意让自己的同志把自己看作烈士，只能说自己不配为一个共产党的领导人反而是最坏的党员：

历史是不能够，也不应当欺骗的。我骗着我一个人的身后不要紧，叫革命同志误认叛徒为烈士却是大大不应该的。所以虽然反正是一死，同样是结束我的生命，而我决不愿意冒充烈士而死。

也可以理解，为了不让同志们难过，他还强调是自己早就厌倦了，早就想休息了，现在终于有机会永久休息了，让朋友们祝贺他。这样的话，既表达了自己无惧死亡，宁愿赴死，又能够安慰党内同志，不要难过，还能够保证传播出去，真可以说是充满智慧的绝笔。

瞿秋白还表达了对党内错误路线的批判，他分析了陈独秀、彭述之等人政治主张的机会主义实质，以及六大后李立三和向忠发的错误道路，并将立三路线说成是自己的问题，是瞿秋白主义的逻辑的发展。虽然没有提到当时的领导人王明，但能读出来，他确实对王明“左”倾错误对革命的危害充满心忧，而且为没有积极去斗争感到内疚，想借助于写这个多余的话来表达自己的愧疚，反思自己在政治斗争上的消极倦怠，没有跟王明“左”倾盲动主义错误作积极的斗争。总结党内错误的教训，实际上是一种提醒，是在用自己在领导岗位上的错误来警醒后来人，让党的事业发扬光大。

从文字的内容看，《多余的话》还有写给妻子杨之华的话，还有留给自己深爱之人的告别遗言，话虽不多，读起来令人动容，这是生离死别的话，是从此后天人永隔的话：

我留恋什么？我最亲爱的人，我曾经依傍着她度过了这十年的生命……我一直是依傍着我的亲人，我唯一的亲人。我如何不留恋？我只觉得十分的难受，因为我许多次对不起我这个亲人，尤其是我的精神上的懦怯，使我对于她也终究没有彻底的坦白，但愿她从此厌恶我、忘记我，使我心安罢。

这是写给妻子的话。他深爱着、思念着自己的妻子，但又希望爱人能够忘记他而心安，瞿秋白心里是矛盾的，他爱着自己的妻子，又希望爱人能够忘记他，让他心安，这种心理又增加了这部作品的复杂纠结性。

确定无疑地说，《多余的话》不只是写给某一方的话，而是写给多方的话。他在不知道确定对象的情况下，想表达太多的东西，想在生命的最后关头给人们留下太多的东西。我们因此可以说，《多余的话》也是写给后人、写给历史的话。作者甚至还写道，“但愿以后的青年不要学我的样子”，在这生命的最后关头，他还在想着以后的青年人，想着青年人汲取他的教训，做出更好的人生选择。我们怎么可能相信瞿秋白是一个他自己所描绘的那种人？是一个没有崇高理想和人生境界的人？

二、既然话是多余的为何还要说？

既然是要写给这么多方的话，那《多余的话》肯定不是多余的话。瞿秋白为什么说是多余的呢？从表面看，原因在于自己生命已时日不多，就是有话也可说可不说的了，说什么都无济于事，可能根本没人看到，说了也等于白说，起不到什么作用。简单说就是，写的话产生不了作用因而多余。

既然认定有可能是多余的话，为什么还要去写，为什么决定“还是写一写罢”？作者给的一个解释是，人往往喜欢谈天，有时候不管听的人是谁，能够乱谈几句心上也就痛快了。言外之意是，图个嘴上痛快。作者给的另一个解释是，他在监狱中了解到，社会上在传中国共产党的理论家被捕，他不想让这些党外人士、社会公众误会，要在离开人世前把真实情况披露出来，以消除社会公众的误会。

实际上，这部作品的序言就叫“何必说”，其中的第一句话是“话既然是多余的，又何必说呢”。这说明瞿秋白对于写还是不写，是经过慎重思考的，是设想过多种可能出现的情况的。他要给历史以真相，本着对历史负责的态度，暴露自己的内心世界、自己的所思所想。最终选择写一点最后坦白的话，绝对不是多余的话，而是很有必要的话，是有着很多打算的话。关键是，我们应该如何把握这些话？

在这部作品的卷首语，瞿秋白引用了《诗经·王风·黍离》的一句话，“知我者，谓我心忧；不知我者，谓我何求”。对这个卷首语，对我们把握《多余的话》全文具有重要意义，但就是对于这个卷首语，就有多种不同的解读。

我们可以翻看《诗经》的原文，看这句话后面的话，是“悠悠苍天，此何人哉”。这说明，瞿秋白以此作为卷首语，是试图引导读者去理解自己，去理解自己写下的话。鉴于此文不可能自己想怎么表达就怎么表达，有多重限制，这个卷首语应该是一个重要提示，提示要信任他，知道他在忧心什么，要避免对他的怀疑，要打消他所忧虑之事，千万别不知他，不理解他这是何必呢。

瞿秋白相信党内同志、相信自己的爱人，一定会理解他，一定会明白他究竟在写什么、为什么要写、为什么用这种文风写、要写这些内容。值得提起的事情是，在瞿秋白去世 15 年后，也就是 1950 年，毛泽东为《瞿秋白文集》出版题了词：

瞿秋白同志死去十五年了。在他生前，许多人不了解他，或者反对他，但他为人民工作的勇气并没有挫下来。他在革命困难的年月里坚持了英雄的立场，宁愿向刽子手的屠刀走去，不愿屈服。他的这种为人民工作的精神，这种临难不屈的意志和他在文字中保存下来的思想，将永远活着，不会死去。瞿秋白同志是肯用脑子想问题的，他是有思想的。他的遗集的出版，将有益于青年们，有益于人民的事业，特别是在文化事业方面。①

这个题词实际上已经说明，在“知我者”和“不知我者”之间，党的领导人和党内同志选

① 毛泽东:《毛泽东文集》第六卷，人民出版社 1999 年版，第 128 页。

择了“知我者”，选择了相信瞿秋白、理解瞿秋白。阅读《多余的话》，是有难度的，但我们要以信任和理解的态度去读，要明白他写这些话是充满求生智慧的，是有重要价值的，是有当代启示的。

有些作品，作者写下来是想让所有人读懂；有些作品，作者本来就不想让人读懂；有些作品，作者是想让有的人读懂、有的人读不懂。《多余的话》属于最后一类的作品，更显作者的水平和智慧。甚至可以说，《多余的话》没有一句是多余的话，没有一句是可有可无的废话。这不是正常情况下的心理独白或思想报告，其中的每一段话，都是经过冷静分析写下的，都表明了作者艰难的生存处境，都展示了作者应对这种困境的智慧。

面对这样一个复杂的文本，不同的人会读

出不同的深意，我们可能无法体会作者写作时的境遇。在生命尽头的写作，人之将死时的写作，如果我们不能让自己感同身受，又怎么会理解写作者的文意呢？如果我们在人生得意之时，如果我们还涉世未深，如果我们还阅历甚少，我们可能读懂《多余的话》吗？

随着作者的离世，我们已经无法去求证哪句是真哪句是假，已经很难理解字里行间表达的真实的深意是什么？既然如此，面对这样的文字，我们反倒应避开真与假的所谓辨识，摆脱对这些文字是其所写还是被篡改的揣测，是其所写但不是发自其内心所写的猜测，我们就认其中的文字，就这些文字论这些文字，在阅读这些文字中反观我们自己的生活，读出文字的力量，读出人生的感悟。

当我们不能确定是否为真时，就应该相信善和美。《多余的话》里面隐藏着太多不能确定的东西，相信善和美，应该成为我们阅读的基本态度。

三、宇宙观与人生观上的遇见与纠结

瞿秋白在《多余的话》中写了很多方面的话，其中之一就是关于为何遇见马克思主义、如何理解马克思主义的话。作品专门有一部分就叫“我和马克思主义”，从相关文字所占的比例来看，这已经说明马克思主义在瞿秋白心目中所占的地位之重，在这样的时刻，还去谈自己的马克思主义观，已经说明了一切。

只是，瞿秋白没有以一个坚定的马克思主义

信仰者的身份出场，反而不断强调自己阴差阳错地接触到马克思主义，自己对马克思主义并不是真正理解，也根本谈不上有什么真知灼见。他自己写到，他是因为读了倍倍尔的《妇女与社会主义》，对社会主义的理想发生了好奇和兴趣，加入了李大钊发起的马克思主义研究会。二十一二岁的时候，在人生观形成的时期，他从托尔斯泰式的无政府主义转到了马克思主义，并强调自己对共产主义只有同情和不深的了解。之所以信奉马克思主义，是因为它与无政府主义、和平博爱世界的幻想没有冲突。

瞿秋白自认为，他对马克思主义的认识是肤浅的，没有读过《资本论》，没有系统研究过唯物论的哲学、唯物史观——阶级斗争的理论，以及政治经济学等这些马克思主义的主要部分，只有一知半解的马克思主义，只有一点的马克思主义理论的常识，只是从报纸杂志上的零星论文和列宁的几本小册子上得到的。

为什么自己会被认定为马克思主义理论家呢？瞿秋白的解释是，因为研究的人少、自己才有机会偷到所谓马克思主义理论家的虚名。很明显，这种对自己长期以来所学习、所研究的学说，用这样的语言表达，是有意为之的。我们能从字里行间读出他对马克思主义的情感，他不要让人家以为自己代表什么主义，实际上是为了自己信仰的学说采取了贬低自己的做法，他不想因为自己的被捕入狱，影响到人们对马克思主义的认同，他想说明的是，自己的被捕不代表是马克思主义的失败，并不代表马克思主义在中国再也没有希望。

瞿秋白从来没有表达自己放弃了马克思主义，反而还认为，分析一切种种政治问题，还是得坚持马克思主义的方法论。他是把马克思主义当作政治的理论、回答政治问题的理论，当作分析和解决人类社会问题的学说，他没有说马克思主义本身有问题，有问题的是自己，根本不是马克思主义，这无疑还是捍卫马克思主义的一种委婉的表达。

在直接谈论马克思主义学说内容的文字中，我们也能看出瞿秋白的理解是符合当时革命的需要的。他指出，马克思主义的共产主义社会追求的是无阶级、无政府、无国家的最自由的社会，选择的却是阶级斗争，应该经过无产阶级专政即无产阶级统治国家的一个阶段才能实现共产主义社会。要消灭国家，一定要组织一定时期的新式国家，为实现最彻底的无所谓民权的社会，一定要先实行无产阶级的民权。

瞿秋白虽然使用了“无产阶级的民权”“无所谓民权”这样的表达，让今天的我们感觉有些陌生，但整体上来说，这种理解可以说是对马克思、恩格斯国家学说的正确理解，是对马克思主义作出了符合当时中国所需要的理解。瞿秋白也确实讲清楚了马克思主义与无政府主义的区别，虽然两种学说都共同追求国家的消亡，但马克思主义是将其作为最终实现的理想，无政府主义却直接当做可以马上采取的手段。

瞿秋白还谈到用马克思主义来研究中国现代社会的问题，他认为这个方面的研究是不得不由他来开始尝试的。如何用马克思主义来分析中国现代社会呢？就是分析中国资本主义关系的发展程度、分析中国社会阶级分化的性质、阶级斗争的形势、阶级斗争和反帝国主义的民族解放运动的关系等。虽然他指出他的这些方面的研究存在明显的错误，但我们必须承认，这已经是不小的理论贡献了，已经有马克思主义中国化的意识了，有用马克思主义基本原理来分析中国具体问题的明确目标了。而且，聚焦资本主义关系、阶级分化形式与阶级斗争形势、民族解放运动，与当时的毛泽东已经产生了理论共识。我们还可以认为，他通过贬损自己在这方面的研究成果，似乎在有意识地提醒自己的同志，对中国的社会关系、政治形势等进行更深刻更复杂的分析、更明了的判断。

瞿秋白还是从世界观和人生观的角度去理解马克思主义的。真正地坚持马克思主义，就是要树立一种宇宙观和人生观。在他看来，马克思主义“是无产阶级的宇宙观和人生观”，只不过这种宇宙观和人生观与他头脑里潜伏的绅士意识、士大夫意识，以及后来蜕变出来的小资产阶级或市侩式的意识处于敌对的地位，一直在他的内心里不断斗争。他写道：

我得时时刻刻压制自己的绅士和游民式的情感，极勉强的用我所学到的马克思主义的理智来创造新的情感、新的感觉方法。可是无产阶级意识在我的内心是始终没有得到真正的胜利的。

不难看出，瞿秋白还是倾向于认同马克思主义的宇宙观和人生观，认为它应该战胜自己的绅士意识、士大夫意识，他不满意的是这种宇宙观和人生观没能牢固树立，让自己在关键时刻还存在假惺惺的仁慈礼让、避免斗争以及寄生虫式的隐士思想。也就是说，瞿秋白对自己坚持马克思主义是有着更高的要求的，如果没有世界观和人生观的牢固树立，就是没有真正地坚持马克思主义。这是很高的标准，也是他为什么反思自己没有真正认同马克思主义的原因。

最重要的是，瞿秋白看似客观陈述自己对马克思主义的选择、看似反思自己对马克思主义的错误理解，实际上暗含了如何科学看待马克思主义、如何正确运用马克思主义、为何和如何坚定马克思主义信仰的问题。这对以马克思主义为指导思想的中国共产党人是一份宝贵的遗产。

对坚持马克思主义的正面表达，是我们所需要的；对坚持马克思主义的这种带有负面性的表达，也同样是我们需要的，它更有针对性，更能直击人内心的深处，更有利于让我们在反思中坚定。

我们从瞿秋白这里能够懂得，在自己的一生中，能够接触到一种思想，能够用它来观察我们的社会、我们的时代、我们的生活，是幸福的。每个人遇见马克思主义这种学说，可能会存在偶然，但一旦遇上，一旦深入阅读和思考，就一定会发现它是值得那些追求更好地读懂社会、读懂时代、读懂生活的人选择的。

四、文人从政如何避免“历史的误会”？

《多余的话》谈论得比较多的另一个话题，甚至可以说是贯穿整部作品的一个话题，那就是文人从政的问题。根据瞿秋白的叙述，我们会发现的一个故事是，一个人认定自己适合做个文人，喜欢文学，关心文艺问题，本想着能过上的顺意的生活是，读自己爱读的书，看看文艺、小说、诗词、歌曲之类的作品。事不遂人愿，也算是阴差阳错。一个本来应该从文的人，却从了政。

瞿秋白多次提到，自己根本上不是一个“政治动物”，不适合走政治这条道路，对政治上的各种主义也兴趣不大，在很多情况下都是被逼着领导和组织政治运动，也没想到自己会成为共产党的创始人、领导人。他认为自己没有兴趣和能力负担这个领导工作，实际上一直想退出领导地位，但同样有各种原因并没有退出。他不仅表达了后悔选择政治，还表达了对政治已经厌倦和倦怠，并表示若有余生将不搞政治而搞些文字翻译工作。

可以说，瞿秋白越是表达对文学、文艺的爱，就越是表达出对政治的厌烦、对无法摆脱政治的无奈。

本来文人的性格却从事了政治，本来喜欢文学却过上了政治的人生，本来一个平凡的文人，却成了活跃在政治舞台上的革命者，瞿秋白认为自己不幸卷入了“历史的纠葛”，这是在他身上发生的“历史的误会”：

像我这样的性格、才能、学识，当中国共产党的领袖确实是一个“历史的误会”。我本只是一个半吊子的“文人”而已，直到最后还是“文人结习未除”的。

“历史的纠葛”与“历史的误会”，两个词值得好好品味，是瞿秋白分析自己一生“失败”的根源之所在，当然也应该是我们人生在世追求事业要汲取的教训，尤其是对一个从事哲学社会科学的学者如果有机会从政要慎重思考和应对的问题。

瞿秋白的“历史的纠葛”与“历史的误会”，给我们带来的是对文人从政的反思，是对文人可否从好政、如何从好政问题的启示。至少从文字上看，瞿秋白表达了悲观的观点，文人不应该从政，如果文人从政，只能是在从文还是从政之间纠结，结果必然是既没有为好政又不可能搞好文，既让自己没有根据兴趣取得成就，也不会有利于所从事的政治事业，到头来既会伤害文学又会伤害政治。结论只能是，文人或书生从政本身就是有问题的，尤其是一个喜欢文学写作的人，去从政只能是误国误己。

在瞿秋白看来，文人是中国中世纪的残余和遗产，不是好的遗产而是很坏的遗产。文人是“无所用之的人物”，是“读书的高等游民”，他们自以为是学术界的人，却对任何一种学问都没有系统的研究，什么都懂得一点，却样样都是外行，没有任何一种具体的知识、真实的知识，没有感受实际生活的能力，总是有种雾里看花的隔膜的感觉。

这无疑是自古以来“百无一用是书生”的表达。瞿秋白对文人一些方面的分析确实具有普遍性和针对性，比如，没有立足实际、实践的真学问，性格上容易优柔寡断，怯懦而随波逐流，不够坚定没有勇气、不敢担当，沾染上“弱者的道德”即忍耐、躲避、讲和气，这些都是从政的文人应该竭力避免的，也是从政所必须克服的问题。

但瞿秋白恰恰没有表达的另一层意思是，文人毕竟是有文化修养的人，毕竟是掌握了一种观察社会和时代的理论的，是善于进行理论思维并拥有理论思考能力的人。文人从政不一定会失败，关键在于能否将所学与所干结合起来，做到理论与实际结合，从实践中及时反思自己的理论、发展自己的理论，善于总结规律来处理政治事务，处事更加果断，更加雷厉风行，不怕惹事不畏人言，一旦认准就不管前路荆棘砥砺前行。

抛开文人从政的具体问题，这个话题还涉及如何处理好自己的兴趣与所从事的职业之间关系的问题，而在这个过程中，我们每个人都有可能陷入历史的误会和历史的纠葛之中，如何避免，应该是很多人都会遭遇、都应该思考的问题。我们可能会说，能够陷入其中的人，一定是历史中人，我们并没有成为历史之人，也就谈不上历史的纠葛和历史的误会了。

实际上，我们每个人都是历史之人，虽然可能只是平凡的历史之人。我们也同样面临在职业选择时的考虑，同样可能阴差阳错走向与自己爱好渐行渐远的路，同样面临从事的工作不是自己的兴趣所在，同样一直处在自己的兴趣与自己所从事的职业之间左右摇摆的困境。

会听到身边人开玩笑地说，人生不如意事十有八九。所从事的职业正是自己所喜欢的专业，那当然好，我们也当然希望每个人都能找到自己喜欢的工作，但又有多少人能够从事自己一开始喜欢、跟自己的专业对口的工作呢？很多人并不是一开始就想着干什么最后就干了什么，往往都是人生际遇、机缘巧合，走向了某个职业。一开始热衷干某事的、有某方面理想的人最后不得不放手，而没打算做这些事情的人却有可能走向了这条路。我们说这是人生给自己开的玩笑，实际上这正是我们所面对的历史的误会。

如果已经作出了选择，就应该多赋予自己的工作以意义。没有多少人一开始认为自己适合干什么、最后就干了什么。也许，与自己的所学专业、所爱职业分道扬镳，进入到一个自己一开始不喜欢的工作中，这就是最好的安排。很多人就是在陌生的工作中找到了自己一生的方向，找到了自己适合的事业。

当然，如果一直感觉心塞，虽然表面风光、在他人眼中很好但内心却一直憋屈，确实需要及早“止损”，及早放弃所从事的工作、尽早地投入到自己喜欢的工作中。前提是，我们一定要有“跳槽”的能力，一定要不断地夯实自己，为能够投入自己所喜欢的职业做好必要的准备。

五、身体与事业，反思与人生

从《多余的话》中，我们还能看到为政之人心有余而力不足的无奈。瞿秋白多次强调自己的身体状况之差，总会让人联想到“出师未捷身先死，长使英雄泪满襟”的场面。在生命的最后关头，他说的是，自己的身体实际上早就透支到很难再运行的程度了。他写下的让我读来最为动容的一段话是：

一只羸弱的马拖着几千斤的辎重车，走上了险峻的山坡，一步步的往上爬，要往后退是不可能，要再往前去是实在不能胜任了。我在负责政治领导的时期，就是这样的一种感觉。

在对自己身体状况的描述中，瞿秋白写的可以说是足够的凄惨。比如，身体根本弄坏了，虚弱得简直是一个废人；每天只要用脑到两三小时以上，就觉得十分疲劳，或者过分的畸形的兴奋，不能睡觉、胸痛、冷汗；一生的精力已经用尽，剩下一个躯壳；丝毫青年壮年的兴趣都没有了，不但一般的政治问题懒得去思索，就是一切娱乐甚至风景都是漠不相关的了；唉，脆弱的人呵，所谓无产阶级的革命队伍需要这种东西干吗；等等。

为何身体会如此？翻遍全书，似乎只有一句话的说明，从1920年到1931年初，他的脑筋没有得到休息。除此之外，他没有再说什么，实际上可以说他是为了党的事业、革命事业牺牲了自己的身体。如果我们仅仅停留在文字的表面，只看到文风的颓废、低沉、抑郁，而看不到文字背后一个革命者的付出和崇高，那就确实对不起这位牺牲自己身体乃至生命的革命者。

我们应该理解，一个人纵有崇高的理想，也会在糟糕的身体面前大打折扣。身体上的长期病痛一定会影响到一个人的精神状态、政治热情，一个长期抱病工作的人，很难再写出充满热情和激情的话语。

从《多余的话》中，我们能够读出好的身体对人的重要性，更能够验证我们常说的“身体是革命的本钱”。实际上，无论是历史伟人还是平凡之人，都不得不面对自己的身与心的矛盾。一个人的理想、追求可以是无限的，但一个人的身体则是脆弱的，没有一个好的身体的支撑，只能给自己的理想和事业带来悲剧。要想实现自己的抱负，必须得有强健的身体。

即使身体已然如此，瞿秋白也没有说这是自己一生事业带来的结果。他没有怪任何人，也没有分析是什么原因使然以给自己辩解，没有说为了自己的理想、为了自己的事业，他牺牲了自己的身体。他是在真正地反思自己，他不为自己辩护，不给自己任何拔高，不想赋予任何价值。

无反思无人生，可瞿秋白的反思太过于自我否定了。他将自己说得一无是处，把自己一生的经历，说成是一出滑稽剧，把自己的离开说成是一出滑稽剧就此闭幕了。身体不行、主义不坚定、对政治实际上不感兴趣却从事政治、对文艺感兴趣却没有机会搞文艺、没有领导能力、有心无力等，如果说这一生有一定的成绩或功劳都是别人的，如果说问题或错误则都应该怪罪于自己。全都是自己的错，现在后悔了，也是自己选择的错误，是自己没有勇气作出决断。读《多余的话》，心情是压抑的，作者对自己内心过于真实的揭露，会给人一种很不适的感觉。

当然，如果我们只是停留在瞿秋白自我反思的角度上，那这可能就没有真正地理解他的“心忧”。反思不是目的，否定过去不是目的，在反思后走向未来才是他的真实目的。只不过，他不是认定自己有机会面向未来，他是想让这部作品的读者更好地面向未来，他想以自己的坦白和反思，以自己的“失败”或“错误”来启发后来人。在反思中，他作出了最为精辟的总结：

从我的一生，也许可以得到一个教训：要磨炼自己，要有非常巨大的毅力，去克服一切种种“异己的”意识以至最微细的“异己的”情感，然后才能从“异己的”阶级里完全跳出来，而在无产阶级的革命队伍里站稳自己的脚步。否则，不免是“捉住了老鸦在树上做窠”，不免是一出滑稽剧。

我们可以认定，这是给自己的同志留下的遗言，隐含着他对革命战友的良言相劝。他是以一个共产党员的身份去谈的，强调的是要坚定立场。这段话也可以送给很多致力于成就一番事业的人，要言行一致、知行合一，用勇敢和毅力来经历磨炼，战胜自己内心的脆弱和摇摆。唯有如此，方能成就人生。

尽管人生落幕，经历常人无法感受的人生困境，瞿秋白最后留给人们的还是光明，还是希望。他看透了生死，走过了黑暗：

这世界对于我仍然是非常美丽。一切新的、斗争的、勇敢的都在前进。那么好的花朵、果子，那么清秀的山和水，那么雄伟的工厂和烟囱，月亮的光似乎也比从前更光明了。

但是，永别了，美丽的世界！

尽管前路荆棘，依然抱有理想，尽管眼前充斥黑暗，依然看到光明，这是一个真正的革命者形象，这是一个真正的高人形象。

令人更加动容的是，在《多余的话》的最后部分，瞿秋白还提出要把自己的躯壳交给医学校的解剖室，希望自己患有多年肺结核的躯壳能够有利于肺结核的诊断与治疗。这让人情何以堪！此心光明，亦复何言。

多余的话

鉴往知来
系列图书

知我者，

谓我心忧；

不知我者，

谓我何求。[1]

① 语出《诗经·黍离》。

何必说？（代序）

话既然是多余的，又何必说呢？已经是走到了生命的尽期，余剩的日子不但不能按照年份来算，甚［至］不能按星期来算了。就是有话，也可说可不说的了。

但是，不幸我卷入了“历史的纠葛”——直到现在外间好些人还以为我是怎样怎样的。我不怕人家责备，归罪，我倒怕人家“钦佩”。但愿以后的青年不要学我的样子，不要以为我以前写的东西是代表什么什么主义的；所以我愿意趁这余剩的生命还没有结束的时候，写一点最后的最坦白的话。

而且，因为“历史的误会”，我十五年来勉强做着政治工作——正因为勉强，所以也永久做不好，手里做着这个，心里想着那个。在当时是形格势禁，没有余暇和可能说一说我自己的心思，而且时刻得扮演一定的角色。现在我已经完全被解除了武装，被拉出了队伍，只剩得我自己了。心上有不能自已的冲动和需要：说一说内心的话，彻底暴露内心的真相。布尔塞维克所讨厌的小布尔乔亚智识者的“自我分析”的脾气，不能够不发作了。

虽然我明知道这里所写的，未必能够到得

读者手里，也未必有出版的价值，但是，我还是写一写罢。人往往喜欢谈天，有时候不管听的人是谁，能够乱谈几句，心上也就痛快了。何况我是在绝灭的前夜，这是我最后“谈天”的机会呢？

瞿秋白

一九三五·五·一七于汀州狱中

“历史的误会”

我在母亲自杀家庭离散之后，孑然一身跑到北京，本想能够考进北大，研究中国文学，将来做个教员度这一世，甚么“治国平天下”的大志都是没有的，坏在“读书种子”爱书本子，爱文艺，不能“安分守己的”专心于升官发财。到了北京之后，住在堂兄纯白家里，北大的学膳费也希望他能够帮助我——他却没有这种可能，叫我去考普通文官考试，又没有考上，结果，是挑选一个既不要学费又有“出身”的外交部立俄文专修馆去进。这样，我就开始学俄文了（一九一七年夏），当时并不知道俄国已经革命，也不知道俄国文学的伟大意义，不过当作将来谋一碗饭吃的本事罢了。

一九一八年开始看了许多新杂志，思想上似乎有相当的进展，新的人生观正在形成。可是，根据我的性格，所形成的与其说是革命思想，无宁说是厌世主义的理智化，所以最早我同郑振铎、瞿世英、耿济之几个朋友组织《新社会》杂志[1]的时候，我是一个近于托尔斯泰派的无政府

① 1919年11月1日，瞿秋白与郑振铎、瞿菊农、耿济之等创办了《新社会》旬刊。他关注和思考社会问题，在文章中猛烈抨击封建礼教和传统观念，呼吁社会改造。《新社会》成为受欢迎的进步读物，后被反动当局禁止出版，于1920年5月停办。

主义者，而且，根本上我不是一个“政治动物”。五四运动期间，只有极短期的政治活动，不久，因为已经能够查着字典看俄国文学名著，我的注意力就大部分放在文艺方面了，对于政治上的各种主义，都不过略略“涉猎”求得一些现代常识，并没有兴趣去详细研究。然而可以说，这时就开始“历史的误会”了：事情是这样的——五四运动一开始，我就当了俄文专修馆的总代表之一，当时的一些同学里，谁也不愿意干，结果，我得做这一学校的“政治领袖”，我得组织同学群众去参加当时的政治运动。不久，李大钊、张崧年他们发起马克思主义研究会[①]（或是“俄罗斯研究会”罢？），我也因为读了俄文的倍倍尔的

① 1920年3月，由李大钊组织发起的马克思学说研究会于北京大学成立，这是我国最早的比较系统地学习研究马克思主义的团体，为学习、传播马克思主义理论作出开拓性贡献。

《妇女与社会》[①]的某几段，对于社会——尤其是社会主义的最终理想发生了好奇心和研究的兴趣，所以也加入了。这时候大概是一九一九年底一九二〇年初，学生运动正在转变和分化，学生会的工作也没有以前那么热烈了。我就多读了一些书。

最后，有了机会到俄国去了——北京《晨报》[②]要派通信记者到莫斯科去，来找我。我想，看一看那“新国家”，尤其是借此机会把俄国文学好好研究一下，的确是一件最惬意的事，于是就动身去（一九二〇年八月）[③]。

① 即《妇女与社会主义》(Die Frau und der Sozialismus),作者奥古斯特·倍倍尔（August Bebel），德国社会民主党和第二国际的创始人与领导人之一。

② 民国初政治团体研究系主办的时事综合性报纸。1916 年 8 月 15 日在北京创刊，初名《晨钟报》，1928 年 6 月 5 日终刊。

③ 瞿秋白在《饿乡纪程》中记述，他于 1920 年 10 月 14 日从北京动身去莫斯科。

最初，的确吃了几个月黑面包，饿了好些时候，后来俄国国内战争停止，新经济政策实行，生活也就宽裕了些。我在这几个月内，请了私人教授，研究俄文、俄国史、俄国文学史。同时，为着应付《晨报》的通信，也很用心看俄国共产党的报纸、文件，调查一些革命事迹，我当时对于共产主义只有同情和相当的了解，并没有想到要加入共产党，更没有心思要自己来做中国共产党的"创始人"，因为那时候，我误会着加入了党就不能专修文学——学文学仿佛就是不革命的观念，在当时已经通行了。

可是，在当时的莫斯科，除我以外，一个俄文翻译都找不到。因此，东方大学开办中国班的时候（一九二一年秋），我就当了东大的翻译和助教；因为职务的关系对马克思主义的理论书籍不得不研究些，而文艺反而看得少了，不久（一九二二年底），陈独秀代表中国共产党到莫斯科[①]（那时我已经是共产党员，还是张太雷介绍我进党的），我就当他的翻译。独秀回国的时候，他要我回来工作，我就同了他回到北京。于右任、邓中夏等创办“上海大学”的时候，我正在上海，这是一九二三年夏天，他们请我当上大的教务长兼社会学系主任。那时，我在党内只兼着一点宣传工作，编辑《新青年》。

上大初期，我还有余暇研究一些文艺问题，到了国民党改组，我来往上海广州之间，当翻译，参加一些国民党工作（例如上海的国民党中央执行部的委员等），而一九二五年一月共产党第四次全国代表大会，又选举了我的中央委员，这时

① 陈独秀赴苏联参加共产国际第四次代表大会。

候就简直完全只能做政治工作了，我的肺病又不时发作，更没有可能从事于我所爱好的文艺。虽然我当时对政治问题还有相当的兴趣，可是有时也会怀念着文艺而“怅然若失”的。

武汉时代的前夜（一九二七年初），我正从重病之中脱险，将近病好的时候，陈独秀、彭述之等的政治主张，逐渐暴露机会主义的实质，一般党员对他们失掉信仰。在中国共产党第五次大会上（一九二七年四五［月］间），独秀虽然仍旧被选，但是对于党的领导已经不大行了。武汉的国共分裂之后，独秀就退出中央，那时候没有别人主持，就轮到我主持中央政治局。其实，我虽然在一九二六年年底及一九二七年年初就发表了一些议论反对彭述之，随后不得不反对陈独秀，可是，我根本上不愿意自己来代替他们——至少是独秀。我确是一种调和派的见解，当时想望着独秀能够纠正他的错误观念不听述之的理论。等到实逼处此，要我“取独秀而代之”，我一开始就觉得非常之“不合式”，但是，又没有什么别的办法。这样我担负了直接的政治领导有一年光景（一九二七年七月到一九二八年五月）。这期间发生了南昌暴动、广州暴动，以及最早的秋收暴动。当时，我的领导在方式上同独秀时代不同了，独秀是事无大小都参加和主持的，我却因为对组织尤其是军事非常不明了也毫无兴趣，所以只发表一般的政治主张，其余调遣人员和实行的具体计划等就完全听组织部军事部去办，那时自己就感觉到空谈的无聊，但是，一转念要退出领导地位，又感得好像是拆台。这样，勉强着自己度过了这一时期。

一九二八年六月间共产党开第六次大会的时候，许多同志反对我，也有许多同志赞成我。我的进退成为党的政治主张的联带问题。所以，我虽然屡次想说：“你们饶了我罢，我实在没有兴趣和能力负担这个领导工作。”但是，终于没有说出口。当时形格势禁，旧干部中没有别人，新干部起来领导的形势还没有成熟，我只得仍旧担着这个名义。可是，事实上六大之后，中国共产党的直接领导者是李立三和向忠发等等，因为他们在国内主持实际工作，而我只在莫斯科当代表当了两年。直到立三的政治路线走上了错误的道路，我回到上海开三中全会（一九三〇年九月底），我更觉得自己的政治能力确实非常薄弱，竟辨别不出立三的错误程度。结果，中央不得不再召集会议——就是四中全会，来开除立三的中央委员，我的政治局委员，新干部起来接替了政治上的最高领导。我当时觉得松了一口气，从一九二五年到一九三一年初，整整五年我居然当了中国共产党领袖之一，最后三年甚至仿佛是最主要的领袖（不过并没有像外间所传说的“总书记”的名义）。

我自己忖度着，像我这样的性格、才能、学识，当中国共产党的领袖确实是一个“历史的误会”。我本只是一个半吊子的“文人”而已，直到最后还是“文人结习未除”的。对于政治，从一九二七年起就逐渐减少兴趣，到最近一年——在瑞金的一年，实在完全没有兴趣了。工作中是“但求无过”的态度，全国的政治形势实在懒问得。一方面固然是身体衰弱精力短少而表现的十二分疲劳的状态，别方面也是十几年为着“顾全大局”

勉强负担一时的政治翻译，政治工作，而一直拖延下来，实在违反我的兴趣和性情的结果，这真是十几年的一场误会，一场噩梦。

我写这些话，决不是要脱卸什么责任——客观上我对共产党或是国民党的“党国”应当负什么责任，我决不推托，也决不能用我主观上的情绪来加以原谅或者减轻。我不过想把我的真情，在死之前，说出来罢了。总之，我其实是一个很平凡的文人，竟虚负了某某党的领袖的声名十来年，这不是“历史的误会”，是什么呢？

脆弱的二元人物

一只羸弱的马拖着几千斤的辎重车，走上了险峻的山坡，一步步的往上爬，要往后退是不可能，要再往前去是实在不能胜任了。我在负责政治领导的时期，就是这样的一种感觉。欲罢不能的疲劳使我永久感觉一种无可形容的重厌〈压〉。精神上政治的倦怠，使我渴望“甜密〈蜜〉的”休息，以致于脑经〈筋〉麻木停止一切种种思想。

一九三一年一月的共产党四中全会开除了我的政治局委员之后，我的精神状态的确是“心中空无所有”的情形，直到现在还是如此。

我不过刚满三十六岁（虽然照阴历的习惯算我今年是三十八岁），但是自己觉得已经非常的衰惫，丝毫青年壮年的兴趣都没有了。不但一般的政治问题懒得去思索，就是一切娱乐甚至风景都是漠不相关的了。本来我从一九一九年就得了吐血病，一直没有好好医治的机会，肺结核的发展曾经在一九二六年走到最危险的阶段，那年幸而勉强医好了，可是立即赶到武汉去，立即又是半年最忙碌紧张的工作。虽然现在肺痨的最危险期逃过了，而身体根本弄坏了，虚弱得简直是一个废人。从一九二〇年直到一九三一年初，整整十年——除却躺在床上不能行动神智昏瞀的几天以外——我的脑经〈筋〉从没有得到休息的日子。在负责时期，神经的紧张自然是很厉害的，往往十天八天连续的不安眠，为着写一篇政治论文或者报告。这继续十几年的不休息，也许是我精神疲劳和十分厉害的神经衰弱的原因。然而究竟我离得衰老时期还很远，这十几年的辛劳，确实算起来，也不能说怎么了不得，而我竟［成］了颓丧残废的废人。我是多么脆弱、多么不禁磨炼啊！

或者，这不仅是身体本来不强壮，所谓“先天不足”的原因罢。

我虽然到了十三四岁的时候就很贫苦了；可是我的家庭世代是所谓“衣租食税”的绅士阶级，世代读书，也世代做官。我五六岁的时候，我的叔祖瞿睿韶还在湖北布政司使任上，他死的时候正署理了湖北巡抚。因此我家的田地房屋虽然在几十年前就已经完全卖尽，而我小的时候，却靠着叔祖伯父的官俸过了好几年十足的少爷生活。绅士的体面“必须”继续维持。我母亲宁可自杀而求得我们兄弟继续读书的可能；而且我母亲因为穷而自杀的时候，家里往往没有米煮饭的时候，我们还用着一个仆妇（积欠了她几个月的工资到现在还没有还清），我们从没有亲手洗过衣服，烧过一次饭。

直到那样的时候，为着要穿长衫，在母亲死后，还剩下四十多元的裁缝债，要用残余的木器去抵账。我的绅士意识——就算是深深潜伏着表面不容易觉察罢——其实是始终没脱掉的。

同时，我二十一二岁，正当所谓人生观形成的时期，理智方面是从托尔斯泰式的无政府主义很快就转到了马克思主义。人生观或是主义，这是一种思想方法——所谓思路；既然走上了这条思路，却不是轻易就能改换的。而马克思主义是什么？是无产阶级的宇宙观和人生观。这同我潜伏的绅士意识，中国式的士大夫意识，以及后来蜕变出来的小资产阶级或者市侩式的意识，完全处于敌对的地位；没落的中国绅士阶级意识之中，有些这样的成分：例如假惺惺的仁慈礼让，避免斗争……以至寄生虫式的隐士思想。完全破产的绅士往往变成城市的波希美亚——高等游民，颓废的，脆弱的，浪漫的，甚至狂妄的人物，说得实在些，是废物。我想，这两种意识在我内心里不断的斗争，也就侵蚀了我极大部分的精力。我得时时刻刻压制自己的绅士和游民式的情感，极勉强的用我所学到的马克思主义的理智来创造新的情感、新的感觉方法。可是无产阶级意识在我的内心是始终没有得到真正的胜利的。

当我出席政治会议，我就会“就事论事”，抛开我自己的“感觉”专就我所知道的那一点理论去推翻一个问题，决定一种政策等等。但是我一直觉得这种工作是“替别人做的”，我每次开会或者做文章的时候，都觉得很麻烦，总在急急于结束，好“回到自己那里去”休息。我每每幻想着：我愿意到随便一个小市镇上去当一个教员，并不是为着发展什么教育，只不过求得一口饱饭罢了，在余的时候，读读自己所爱读的书，文艺、小说、诗词、歌曲之类，这不是很逍遥的吗？

这种二元化的人格，我自己早已发着〈觉〉——到去年更是完完全全了解了，已经不能够丝毫自欺的了；但是八七会议之后我没有公开的说出来，四中全会之后也没有说出来，在去年我还是决断不下，一至延迟下来，隐忍着。甚至对之华（我的爱人）也只偶然露一点口风，往往还要加一番弥缝的话。没有这样的勇气。

可是真相是始终要暴露的，“二元”之中总有“一元”要取得实际上的胜利。正因为我的政治上的疲劳、倦怠，内心的思想斗争不能再持续了，老实说，在四中全会之后，我早已成为十足的市侩——对于政治问题我竭力避免发表意见，中央怎样说，我就依着怎样说，认为我说错了，我立刻承认错误，也没有什么心思去辩白，说我是机会主义就是机会主义好了；一切工作只要交代得过去就算了。我对于政治和党的种种问题，真没有兴趣去注意和研究。只因为久年的“文字因缘”，对于现代文学以及文学史上的各种有趣的问题，有时候还有点兴趣去思考一下，然而大半也是欣赏的份〈分〉数居多，而研究分析的份〈分〉数较少。而且体力的衰弱也不容许我多所思索了。

体力上的感觉是：每天只要用脑到两三小时以上，就觉得十分疲劳，或者过分的畸形的兴奋——无所谓的兴奋，以至于不能睡觉，脑痛……冷汗。

唉，脆弱的人呵，所谓无产阶级的革命队伍需要这种东西干吗?！我想，假定我还保存这多余的生命若干时候，我只有拒绝用脑的一个方法，我只做些不用自出心裁的文字工作，“以度余年”。但是，最好是趁早结束了罢。

我和马克思主义

当我开始我的社会生活的时候，正是中国的“新文化”运动的浪潮非常汹涌的时期。为着继续深入的研究俄国文学，我刚好又不能不到世界第一个“马克思主义的国家”去。我那时的思想是很紊乱的：十六七岁时开始读了些老庄之类的子书，随后是宋儒语录，随后是佛经《大乘起信论》——直到胡适之的《哲学史大纲》，梁漱漠[1]的印度哲学，还有当时出版的一些科学理论、文艺评论。在到俄国之前，固然已经读过倍倍尔的著作，《共产党宣言》之类，极少几本马克思主义的书籍，然而对马克思主义的认识是根本说不上的。

而且，我很小的时候，就不知怎样有一个古怪的想头。为什么每一个读书人都要去“治国平天下”呢？各人找一种学问或是文艺研究一下不好吗？所以我到俄国之后，虽然因为职务的关系时常得读些列宁他们的著作、论文演讲，可是这不过求得对于俄国革命和国际形势的常识，并没有认真去研究政治上一切种种主义，正是“治国平天下”的各种不同的脉案和药方。我根本不想做“王者之师”，不想做“诸葛亮”——这些

① 应为“梁漱溟”。

事自然有别人去干——我也就不去深究了。不过，我对于社会主义或共产主义的终极理想，却比较有兴趣。

记得当时懂得了马克思主义的共产社会同样是无阶级、无政府、无国家的最自由的社会，心上就很安慰了，因为这同我当初的无政府主义、和平博爱世界的幻想没有冲突了。所不同的是手段，马克思主义告诉我要达到这样的最终目的，客观上无论如何也逃不了最尖锐的阶级斗争，以至无产阶级专政——也就是无产阶级统治国家的一个阶段。为着要消灭“国家”，一定要先组织一时期的新式国家，为着要实现最彻底的民权主义（也就是无所谓民权的社会），一定要先实行无产阶级的民权。这表面上“自相矛盾”而实际上很有道理的逻辑——马克思主义所谓辩证法——使我很觉得有趣。我大致了解了这问题，就搁下了，专心去研究俄文，至少有大半年，我没有功夫去管什么主义不主义。

后来，莫斯科东方大学要我当翻译，才没有办法又打起精神去看那一些书。谁知越到后来就越没有功夫继续研究文学，不久就宣〈喧〉宾夺主了。

但是，我第一次在俄国不过两年，真正用功研究马克思主义的常识不过半年，这是随着东大课程上的需要看一些书，明天要译经济学上的那一段，今天晚上先看过一道，作为预备，其他，唯物史观哲学等等也是如此，这绝不是有系统的研究。至于第二次我到俄国（一九二八［年］——一九三〇［年］），那是当着共产党的代表，每天开会，解决问题，忙个不了，更没有功夫做有系统的学术上的研究。

马克思主义的主要部分：唯物论的哲学，唯物史观——阶级斗争的理论，以及政治经济学，我都没有系统的研究过。《资本论》——我就根本没有读过，尤其对于经济学我没有兴趣。我的一点马克思主义理论的常识，差不多都是从报章杂志上的零星论文和列宁的几本小册子上得来的。

可是，在一九二三年的中国，研究马克思主义以至一般社会科学的人，还少得很，因此，仅仅因此，我担任了上海大学社会学系教授之后就逐渐地偷到所谓“马克思主义的理论家”的虚名。其实，我对这些学问，的确只知道一点皮毛。当时我只是根据几本外国文的书籍传译一下，编了一些讲义。现在看起来，是十分幼稚，错误百出的东西。现在已经有许多新进的青年，许多比较有系统的研究了马克思主义的学者——而且国际的马克思主义的学术水平也提高了许多。

还有一个更重要的“误会”就是用马克思主义来研究中国的现代社会，部分是研究中国历史的发端，也不得不由我来开始尝试。五四以后的五年中间，记得只有陈独秀、戴季陶、李汉俊几个人写过几篇关乎这个问题的论文，可是都是无关重要的。我回国之后，因为已经在党内工作，虽然只有一知半解的马克思主义智识，却不由我不开始这个尝试：分析中国资本主义关系的发展程度，分析中国社会阶级分化的性质，阶级斗争的形势，阶级斗争和反帝国主义的民族解放运动的关系，等等。

从一九二三年到一九二七年，我在这方面

的工作，自然在全党同志的督促，实际斗争的反映，以及国际的领导之下，逐渐有相当的进步。这决不是我一个人的工作，越到后来，我的参加是越少。单就我的“成绩”而论，现在所有的马克思主义者都可明显的看见：我在当时所做的理论上的错误，共产党怎样纠正了我的错误，以及我的幼稚的理著之中包含着怎样混杂和小资产阶级机会主义的成分。

这些机会主义的成分发展起来，就形成错误的政治路线，以致于中国共产党中央委员会不能不开除我的政治局委员，的确，到一九三〇年，我虽然在国际参加了两年的政治工作，相当得到一些新的智识，受到一些政治上的锻炼，但是，不但不进步，自己觉得反而退步了。中国的阶级斗争早已进到了更高的阶段，对于中国的社会关系和政治形势，需要更深刻更复杂的分析、更明了的判断，而我的那点智识绝对不够，而且非无产阶级的反布尔塞维克的意识就完全暴露了，当时，我逐渐觉得许多问题不但想不通，甚至想不动了。新的领导者发挥某些问题的议论之后，我会感觉到松快，觉得这样解决原是最适当不过的，我当初为什么简直想不到；但是，也有时候会觉得不了解。

此后，我勉强自己去想一切“治国平天下”的大问题的必要，已经没有了！我在十分疲劳和吐血症复发的期间，就不再去“独立思索”了。一九三一年初就开始我政治上以及政治思想上的消极时期，直到现在。从那时候起，我没有自己的政治思想。我以中央的思想为思想。这并不是说我是一个很好的模范党员，对于中央的理论政策都完全而深刻的了解。相反的，我正是一个最坏的党员，早就值得开除的，因为我对中央的理论政策不加思索了。偶然我也有对中央政策怀疑的时候，但是，立刻就停止怀疑了，因为怀疑也是一种思索；我既然不思索了，自然也就不怀疑。

我的一知半解的马克思主义智识，曾经在当时起过一些作用——好的坏的影响都是人所共知的事情，不用我自己来判断——而到了现在，我已经在政治上死灭，不再是一个马克思主义的宣传者了。

同时要说我已经放弃了马克思主义，也是不确的。如果要同我谈起一切种种政治问题，我除开根据我那一点一知半解的马克思主义方法来推论以外，却又没有什么别的方法。事实上我这些推论又恐怕包含着许多机会主义，也就是反马克思列宁主义的观点在内，这是“亦未可知”的。因此我更不必枉然费力去思索：我的思路已经在青年时期走上了马克思主义的初步，无从改变，同时，这思路却同非马克思主义的歧路交错着，再自由任意的走去，不知会跑到什么地方去。——而最主要的是我没有气力再跑了，我根本没有精力再作政治的、社会科学的思索了。Stop。

盲动主义和立三路线

当我不得不担负中国共产党的政治领导的时候，正是中国革命进到了最巨大的转变和震荡的时代，这就是武汉时代结束之后。分析新的形势，确定新的政策，在中国民族解放运动和阶级斗争最复杂最剧烈的［路］线汇合分化转变的时期，这是一个非常艰难的任务。当时，许多同志和我，多多少少都做了政治上的错误，同时，更有许多以前的同志在这阶级斗争更进一步的关口，自觉的或者不自觉的离开了革命队伍。在最初，我们在党的领导之下所决定的政策一般的是正确的。武汉分共以后，我们接着就决定贺叶的南昌暴动和两湖、广东的秋收暴动（一九二七［年］），到十一月又决定广州暴动。这些暴动本身无〈并〉不是什么盲动主义，因为都有相当的群众基础。固然，中国的一般革命形势，从一九二七年三月底英、义〈美〉、日帝国主义者炮轰南京威胁国民党反共以后，就已经开始低落，但是接着而来的武汉政府中的奋斗、分裂……直到广州暴动的举出苏维埃旗帜，都还是革命势力方面正当的挽回局势的尝试，结果失败了——就是说没有能够把革命形势重新转变到高涨的阵容，必须另起炉灶。而我——这时期当然我应当负主要的责任——在一九二八年初，广州暴动失败以后，仍旧认为革命形势一般存在，而且继续高涨，这就［是］盲动主义的路线了。

原本个别的盲动现象我们和当时的中央从一九二七年十月起就表示反对的；对于有些党部不努力去领导和争取群众，反而孤注一掷或者仅仅去暗杀豪绅之类的行动，我们总是加以纠正的。可是，因为当时整个路线错误，所以不管主观上怎样了解盲动主义现象的不好，费力于枝枝节节的纠正，客观上却在领导着盲动主义的发展。

中国共产党第六次大会纠正了这个错误路线，使政策走上了正确的道路。自然，武汉时代之后，我们所得到的中国革命之中的最重要的教训，例如革命有在一省或几省首先胜利的可能和前途，反帝国主义革命最密切的和土地革命联系着等，都是六大所采纳的。苏维埃革命的方针就在六大更明确的规定下来。

但是以我个人而论，在那时候，我的观点之中不仅有过分估量革命形势的发展以致助长盲动主义的错误，对于中国农民阶层的分析，认为富农还在革命战线之内，认为不久的将来就可以在某些大城市取得暴动的胜利等观念也已经潜伏着或者有所表示。不过，同志们都没有发觉这些观点的严重错误，还没有指出来，我自己当然更不会知道这些是错误的。直到一九二九年秋天讨论农民问题的时候，才开始暴露我在农民问题上的错误。不幸得很，当时没有更深刻的更无情的揭发……

此后，就来了立三路线的问题了。

一九二九年年底我还在莫斯科的时候，就听

说立三和忠发的政策有许多不妥当的地方。同时，莫斯科中国劳动大学（前称孙中山大学）的学生中间发生非常剧烈的斗争，我向来没有知人之明，只想弥缝缓和这些内斗，觉得互相攻许〈讦〉批评的许多同志都是好的，听他们所说的事情却往往有些非常出奇，似乎都是故意夸大事实俸〈奉〉为“打倒”对方的理由。因此我就站在调和的立场。这使得那里的党部认为我恰好是机会主义和异己分子的庇护者，结果撤销了我的中国共产党驻莫代表的职务准备回国。自然，在回国的任务之中，最重要的是纠正立三的错误，消灭莫斯科中国同志之间的派别观念对于国内同志的影响。

但是，事实上我什么也没做到，立三的错误在那时——一九三〇年夏天——已经形成了自己的半托洛斯基的路线，派别观念也使得党内到处抑制莫斯科回国的新干部。而我回来之后召集的三中全会，以及中央的一切处置，都只是零零碎碎的纠正了立三的一些显而易见的错误，既没有指出立三的错误路线，更没有在组织上和一切计划及实际工作上保障国际路线的执行。实际上我的确没有认出立三路线和国际路线的根本不同。

老实说，立三路线是我的许多错误观念——有人说是瞿秋白主义——的逻辑的发展。立三的错误政策可以说是一种失败主义，他表面上认为中国全国的革命胜利的局面已经到来，这会推动全世界革命的成功，其实是觉的〈得〉自己没有把握保持和发展苏维埃革命在几个县区的胜利，觉的〈得〉革命前途不是立即向大城市发展而取得全国胜利以至全世界的胜利，就是迅速的败亡，所以要孤注一掷的拼命，这是用左倾空谈来掩盖右倾机会主义的实质。因此在组织上，在实际工作上，在土地革命的理论上，在工会运动的方针上，在青年运动和青年组织等等各种问题上……无往而不错。我在当时却辨别不出来。事后我可以说，假定六大之后，留在中国直接领导的不是立三而是我，那末，在实际上我也会走到这样的错误路线，不过不致于像立三这样鲁莽，也可以说，不会有立三那样的勇气。我当然间接的负着立三路线的责任。

于是四中全会后，就决定了开除立三的中央委员，开除我的政治局的委员。我呢，像上面已经说过的，正感谢这一开除，使我卸除了千钧担。我第二次回国是一九三〇年八月中旬，到一九三一年一月七日我就离开了中央政治领导机关，这期间只有半年不到的时间。可是这半年对于我几乎比五十年还长！人的精力已经像完全用尽了似的，我告了长假休养医病——事实上从此脱离了政治舞台。

再想回头来干一些别的事情，例如文艺的译著等，已经觉得太迟了！从一九二〇到一九三〇整整十年我离开了“自己的家”——我所愿意干的俄国文学研究——到这时候才回来，不但田园荒芜，而且自己的力气也已经衰惫了。自然有可能还是可以干一干，“以度余年”的。可惜接着就是大病，时发时止，耗费了三年光阴。一九三四年一月，为着在上海养病的不可能，又跑到瑞金——到瑞金已是二月五日了——担任了人民委员的清闲职务。可是，既然在苏维埃中央政府担负了一部［分］的工作，虽然不必出席党的中央会议，不必参与一切政策的最初议论和决定，然而要完全不问政治却又办不到了，我就在敷衍塞责，厌倦着政治却又不得不略为问一问政治的状熊〈态〉中间，过了一年。

最后这四年中间，我似乎记得还做了几次政治问题上的错误。但是现在我连内容都记不清楚了，大概总是我的老机会主义发作罢了。我自己不愿意有什么和中央不同的政见。我总是立刻“放弃”这些错误的见解，其实我连想也没有仔细想，不过觉的〈得〉争辨〈辩〉起[来]太麻烦了，既然无关紧要就算了罢。

我的政治生命其实早已结束了。

最后这四年，还能说我继续在为马克思主义奋斗，为苏维埃革命奋斗，为着党的正确路线奋斗吗？例行公事办了一些，说“奋斗”是实太恭维了。以前几年的盲动主义和立三路线的责任，却决不应当因此而减轻的，相反，在共产党的观点上来看，这个责任倒是更加重了，历史的事实是抹杀不了的，我愿意受历史的最公开的裁判。

一九三五·五·二十

“文人”

“一为文人便无足观”，这是清朝一个汉学家说的。的确，所谓“文人”正是无所用之的人物。这并不是现代意义的文学家、作家或是文艺评论家，这是咏风弄月的“名士”，或者是……说简单些，读书的高等游民，他什么都懂得一点，可是一点没有真实的智识。正因为他对于当代学术水平以上的各种学问都有少许的常识，所以他自以为是学术界的人，可是，他对任何一种学问都没有系统的研究、真正的心得，所以他对于学术是不会有什么贡献的，对于文艺也不会有什么成就的。

自然，文人也有各种各样不同的典型，但是大都实际上是高等游民罢了。假使你是一个医生，或是工程师、化学技师……真正的作家，你自己会感觉到每天生活的价值，你能够创造或是修补一点什么，只要你愿意。就算你是一个真正的政治家罢，你可以做错误，但是也会改正错误，你可以坚持你的错误，但是也会认真的为着自己的见解去斗争、实行。只有文人就没有希望了，他往往连自己也不知道，究竟做的是什么！

“文人”是中国中世纪的残余和“遗产”——

一份很坏的遗产。我相信，再过十年八年没有这一种智识［分］子了。

不幸，我自己不能够否认自己正是“文人”之中的一种。

固然，中国的旧书，十三经、二十四史、子书、笔记、丛书、诗词曲等，我都看过一些，但是我是抓到就看，忽然想起就看，没有什么研究的。一些科学论文，马克思主义的和非马克思主义的，我也看过一些，虽然很少。所以这些新新旧旧的书对于我，与其说是智识的来源，不如说是消闲的工具。究竟在那一种学问上，我有点真实的智识？我自己是回答不出的。

可笑得很，我做过所谓“杀人放火”的共产党的领袖（？），可是，我却是一个最懦怯的，

“婆婆妈妈的”，杀一只老鼠都不会的，不敢的。

但是，真正的懦怯不在这里。首先是差不多完全没有自信力，每一个见解都是动摇的，站不稳的。总希望有一个依靠，记得布哈林初次和我谈话的时候，说过这么一句俏皮话：“你怎么同三层楼的小姐［一样］，总那么客气，说起话来，不是‘或是’，就是‘也许’‘也难说’……等。”其实，这倒是真心话。可惜的是人家往往把我的坦白当作“客气”或者“狡猾”。

我向来没有为着自己的见解而奋斗的勇气，同时，也很久没有承认自己错误的勇气。当一种意见发表之后，看看没有有力的赞助，立刻就会怀疑起来，但是，如果没有一个另外的意见来代替，那就只会照着这个连自己也怀疑的意见做去。看见一种不大好的现象，或是不正确的见解，却还没有人出来指摘，甚至气势凶凶〈汹汹〉的大家认为这是很好的事情，我也始终没有勇气说出自己的怀疑来。优柔寡断，随波逐流，是这种“文人”必然的性格。

虽然人家看见我参加过几次大的辩论，有时候仿佛很急烈，其实我是最怕争论的。我向来觉得对方说的话“也对”“也有几分理由”“站在对方的观点上他当然是对的”。我似乎很懂得孔夫子忠恕之道。所以我毕竟做了“调和派”的领袖。假使我急烈的辩论，那么，不是认为“既然站在布尔塞维克的队伍里就不应当调和”，因此勉强着自己，就是没有抛开“体面”立刻承认错误的勇气，或者是对方的话太幼稚了，使我“箭在弦上不得不发”。

其实最理想的世界是大家不要争论，“和

和气气的过日子”。

我有许多标本的“弱者的道德”——忍耐、躲避，讲和气，希望大家安静些仁慈些等等。固然从［少］年时候起，我就憎恶贪污、卑鄙……以至一切恶浊的社会现象，但是我从来没有想做侠客。我只愿意自己不做那些罪恶，有可能呢，去劝劝他们不要再那样做；没有可能呢，让他们去罢，他们也有他们的不得已的苦衷罢？

我的根本性格，我想，不但不足以锻炼成布尔塞维克的战士，甚至不配做一个起码的革命者。仅仅为着“体面”，所以既然卷进了这个队伍，也就没有勇气自己认识自己，而请他们把我洗刷出去。

但是我想，如果叫我做一个“戏子”——舞台上的演员，倒很会有些成绩，因为十几年我一直觉得自己一直在扮演一定的角色。扮觉［着］大学教授，扮着政治家，也会真正忘记自己而完全成为“剧中人”。虽然这对于我很苦，得每天盼望着散会，盼望同我谈政治的朋友走开，让我卸下戏装，还我本来面目——躺在床上去极疲乏地念着“回‘家’去罢，回‘家’去罢”，这的确是很苦的。然而在舞台上的时候，大致总还扮得不差，像煞有介事的。

为甚么？因为青年精力比较旺盛的时候，一点游戏和做事的兴会总有的。即使不是你自己的事，当你把它做好的时候，你也感觉到一时的愉快。譬如你有点小聪明，你会摆好几幅“七巧版［板］图”或者“益智图”，你当时一定觉得痛快；正像在中学的时候，你算出了几个代数难题似的，虽则你并不预备做数学家。

不过扮演舞台上的角色究竟不是“自己的生活”，精力消耗有〈在〉这里甚至完全用尽，始终是后悔也来不及的事情。等到精力衰惫的时候，对于政治舞台，实在是十分厌倦了。

庞杂而无秩序的一些书本上的智识和累坠而反乎自己兴趣的政治生活，使我麻木起来，感觉生活的乏味。

本来，书生对于宇宙间的一切现象，都不会有亲切的了解。往往会把自己变成一大堆抽象名词的化身。一切都有一个“名词”，但是没有实感。譬如说，劳动者的生活、剥削、斗争精神、土地革命、政权等……一直到春花秋月、崦嵫、委蛇，一切种种名词、概念、词藻，说是会说的，等到追问你究竟是怎么一回事，就会感觉到模糊起来。

对于实际生活，总像雾里看花似的，隔着一层膜。

文人和书生大致没有任何一种具体的智识。他样样都懂得一点，其实样样都是外行。要他开口议论一些“国家大事”，在不太复杂和具体的时候，他也许会。但是，叫他修理一辆汽车，或者配一剂药方，办一个合作社，买一批货物，或者清理一本账目，再不然，叫他办好一个学校……总之，无论那一件具体而切实的事情，他都会觉得没有把握的。

例如，最近一年来，叫我办苏维埃的教育。

固然，在瑞金、宁都、兴国这一带的所谓“中央苏区”，原本是文化非常落后的地方，譬如一张白纸，在刚刚着手办教育的时候，只是创办义务小学校，开办几个师范学校，这些都做了。但是，自己仔细想一想，对于这些小学校和师范学校、小学教育和儿童教育的特殊问题，尤其是国内战争中工农群众教育的特殊问题，都实在没有相当的智识，甚至普通常识都不够！

近年来感觉到这一切种种，很愿意“回过去再生活一遍”。

雾里看花的隔膜的感觉，使人觉得异常的苦闷、寂寞和孤独，很想仔细的亲切的尝试一下实际生活的味道。譬如“中央苏区”的土地革命已经有三四年，农民的私人日常生活究竟有了怎样的具体变化，他们究竟是怎样的感觉。我曾经去考察过一两次。一开口就没有“共同的语言”，而且自己也懒惰得很，所以终于一无所得。

可是，自然而然的，我学着比较精细的考察人物，领会一切“现象”。我近年来重新来读一些中国和西欧的文学名著，觉得有些新的印象。你从这些著作中间，可以相当亲切的了解人生和社会，了解各种不同的个性，而不是笼统的“好人”“坏人”，或是“官僚”“平民”“工人”“富农”等等。摆在你面前的是有血有肉有个性的人，虽则这些人都在一定的生产关系、一定的阶级之中。

我想，这也许是从“文人”进到真正了解文艺的初步了。

是不是太迟了呢？太迟了！

徒然抱着对文艺的爱好和怀念，起先是自己的头脑和身体被“外物”所占领了，后来是非常的疲乏笼罩了我三四年，始终没有在文艺方面认真的用力。书是乱七八糟着［看］了一些，也许走进了现代文艺水平线以上的境界，不致于辨别不出趣味的高低。我曾经发表的一些文艺方面的意见，都驳杂得很，也是一知半解的。

时候过得很快。一切都荒疏了。眼高手低是这必然的结果。自己写的东西——类似于文艺的东西是不能使自己满意的，我至多不过是一个“读者”。

讲到我仅有的一点具体智识，那就只有俄国文罢。假使能够仔细而郑重的，极忠实的翻译几本俄国文学名著，在汉文方面每字每句的斟酌着也许不会“误人子弟”的。这一个最愉快的梦想，也比在创作和评论方面再来开始求得什么成就，要实际得多。可惜，恐怕现在这个可能已经“过时”了。

告别

一出滑稽剧就此闭幕了！

我家乡有句俗话，叫做“捉住了老鸦在树上做窠”。这窠是始终做不成的。一个平凡甚至无聊的“文人”，却要他担负几年的“政治领袖”的职务。这虽然可笑，却是事实。这期间，一切好事都不是由于他的功劳——实在是由于当时几位负责同志的实际工作，他的空谈不过是表面的点缀，甚至早就埋伏了后来的祸害。这历史的功罪，现在到了最终结算的时候了。

你们去算账罢，你们在斗争中勇猛精进着，我可以羡慕你们，祝贺你们，但是已经不能够跟随你们了。我不觉得可惜，同样我也不觉得后悔，虽然我枉费一生心力在我所不感兴味的政治上。过去的是已经过去了，懊悔徒然增加现在的烦恼。应当清洗出队伍的，终究应当清洗出去，而且愈好〈快〉愈好，更用不着可惜。

我已经退出了无产阶级的革命先锋的队伍，已经停止了政治斗争，放下了武器，假使你们——共产党的同志们——能够早些听到我这里写的一切，那我想早就应当开除我的党籍。像我这样脆弱的人物，敷衍、消极、怠惰的分子，尤其重要的是空洞的承认自己错误而根本不能够转变自己的阶级意识和情绪，而且，因为“历史的偶然”，这并不是一个普通党员，而是曾经当过政治局委员的——这样的人，如何还不要开除呢！

现在，我已经是国民党的俘虏，再来说起这些似乎多余的了。但是，其实不是一样吗？我自由不自由，同样是不能够继续斗争的了。虽然我现在才快要结束我的生命，可是我早已结束了我的政治生活。严格的讲，不论我自由不自由，你们早就有权利认为我也是叛徒的一种。如果不幸而我没有机会告诉你们我的最坦白最真实的态度而骤然死了，那你们也许还把我当做一个共产主义的烈士。记得一九三二年讹传我死的时候，有地方替我开了追悼会，当然还念起我的“好处”，我到苏区听到这个消息，真叫我不寒而栗，以叛徒而冒充烈士，实在太那么个了。因此，虽然我现在已经因在监狱里，虽然我现在很容易装腔做〈作〉势慷慨激昂而死，可是我不敢这样做。历史是不能够，也不应当欺骗的。我骗着我一个人的身后不要紧，叫革命同志误认叛徒为烈士却是大大不应该的。所以虽然反正是一死，同样是结束我的生命，而我决不愿意冒充烈士而死。

永别了，亲爱的同志们！——这是我最后叫你们“同志”的一次。我是不配再叫你们“同志”的了，告诉你们：我实质上离开了你们的队伍很久了。

唉！历史的误会叫我这“文人”勉强在革命的政治舞台上混了好些年。我的脱离队伍，不简单的因为我要结束我的生命，结束这一出滑稽剧，也不简单的因为我的痼疾和衰惫，而是因为我始终不能够克服自己的绅士意识，我终究不能成为无产阶级的战士。

永别了，亲爱的朋友们！七八年来，我早已感觉到万分的厌倦。这种疲乏的感觉，有时候例如一九三〇年初或是一九三四年八九月间，简直厉害到无可形容、无可忍受的地步。我当时觉着，不管全宇宙的毁灭不毁灭，不管革命还是反革命等，我只要休息，休息，休息！！好了，现在已经有了“永久休息”的机会。

我留下这几页给你们——我的最后的最坦白的老实话，永别了！判断一切的，当然是你们，而不是我。我只要休息。

一生没有什么朋友，亲爱的人是很少的几个。而且除开我的之华以外，我对你们也始终不是完全坦白的。就是对于之华，我也只露一点口风。我始终戴着假面具。我早已说过：揭穿假面具是最痛快的事情，不但对于动手去揭穿别人的痛快，就是对于被揭穿的也很痛快，尤其是自己能够揭穿。现在我丢掉了最后一层假面具。你们应当祝贺我。我去休息了，永久去休息了，你们更应当祝贺我。

我时常说：感觉到十年二十年没有睡觉似的疲劳，现在可以得到永久的"伟大的"可爱的睡眠了。

从我的一生，也许可以得到一个教训：要磨炼自己，要有非常巨大的毅力，去克服一切种种"异己的"意识以至最微细的"异己的"情感，然后才能从"异己的"阶级里完全跳出来，而在无产阶级的革命队伍里站稳自己的脚步。否则，不免是"捉住了老鸦在树上做窠"，不免是一出滑稽剧。

我这滑稽剧是要闭幕了。

我留恋什么？我最亲爱的人，我曾经依傍着她度过了这十年的生命。是的，我不能没有依傍。不但在政治生活里，我其实从没有做过一切斗争的先锋，每次总要先找着某种依傍。不但如此，就是在私生活里，我也没有“生存竞争”的勇气，我不会组织自己的生活，我不会做极简单极平常的琐事。我一直是依傍着我的亲人，我唯一的亲人。我如何不留恋？我只觉得十分的难受，因为我许多次对不起我这个亲人，尤其是我的精神上的懦怯，使我对于她也终究没有彻底的坦白，但愿她从此厌恶我、忘记我，使我心安罢。

我还留恋什么？这美丽世界的欣欣向荣的儿童。“我的”女儿，以及一切幸福的孩子们。

我替他们祝福。

这世界对于我仍然是非常美丽。一切新的、斗争的、勇敢的都在前进。那么好的花朵、果子，那么清秀的山和水，那么雄伟的工厂和烟囱，月亮的光似乎也比从前更光明了。

但是，永别了，美丽的世界！

一生的精力已经用尽。剩下的一个躯壳。

如果我还有可能支配我的躯壳，我愿意把它交给医学校的解剖宣〈室〉。听说中国的医学校和医院的实习室很缺乏这种科学实验用具。而且我是多年的肺结核者（从一九一九年到现在），时好时坏，也曾经到〈照〉过几次X光的照片，一九三一年春的那一次，我看见我的肺部有许多瘢痕，可是医生也说不出精确的判断。假定先照过一张，然后把这躯壳解剖开来，对着照片研究肺部的状态那一定可以发见一些什么。这对于肺结核的诊断也许有些帮助。虽然，我对医学是完全外行。这话说得或许是很可笑的。

总之，滑稽剧始终是闭幕了。舞台上空空洞洞的。有什么留恋也是枉然的了。好在得到的是“伟大的”休息。至于躯壳，也许不由我自己作主了。

告别了，这世界的一切。

最后……

俄国高尔基的《四十年》《克里摩·萨摩京的生活》，屠格涅夫的《鲁定》，托尔斯泰的《安娜·卡里宁娜》[①]，中国鲁迅的《阿Q正传》，

① 《四十年》《克里摩·萨摩京的生活》，今译《克里姆·萨姆金的一生》，副标题为《四十年》；《鲁定》，今译《罗亭》；《安娜·卡里宁娜》，今译《安娜·卡列尼娜》。

茅盾的《动摇》，曹雪芹的《红楼梦》，都很可以再读一读。

中国的豆腐也是很好吃的东西，世界第一。

永别了！

一九三五·五·二二

记忆中的日期

一八九九年（一月二十九日） ——光绪二十四年十二月十八		生于常州
一九〇二［年］		入私塾
一九〇五［年］		入常州冠英小学
一九〇八［年］	冬	初等小学毕业
一九〇九［年］	春	入常州中学
一九一五［年］	夏	因贫辍学
一九一六［年］	二月	母亲死
	二月	赴无锡南郊某小学任校长
		是年父亲赴济南，弟妹分散
	八月	辞无锡教职返常州
	十二月	抵汉口考武昌外国语专修学校
一九一七［年］	四月	在北京应普通文官考试未取
	九月	入俄文专修馆

一九一九［年］	一月	与耿济之、瞿世英等组织《新社会》杂志
	五月	任俄专学生会代表
一九二〇［年］	八月	应北京《晨报》聘起程赴俄任通信员
一九二一［年］	一月	方抵莫斯科
	五月	张太雷抵莫介绍入共产党
	九月	任东大翻译始正式入党
一九二三［年］	一月底	返国抵北平
	七月	参加共产党第三次全国大会
	九月	返沪任上海大学教职
		是年加入国民党
一九二四［年］	一月	与王剑虹结婚
	一月	赴粤参加国民党第一次代表大会
	七月	剑虹死，赴粤
	十一月七日	与杨之华结婚于沪
一九二五［年］	一月	参加共产党第四次大会被举为中委

一九二七［年］	二月	写批评彭述之的小册子
	三月	赴武汉
	四月	参加共产党第五次大会仍任中委
	七月	（宣言退出国民党）赴庐山
	八月七日	参加“八七”紧急会议后实际主持政治局
一八二八［年］	四月三十日	离沪出国
	六月	参加共产党六次大会仍任中委
		留莫为中国共产党代表
一九三〇［年］	六月	撤销驻莫代表职
	七月	起程返国仍在政治局工作
	九月	参加共产党三中全会
一九三一［年］	一月七日	参加共产党四中全会被开除政治局委员之职请病假
一九三二［年］	秋	病危几死
一九三四［年］	二月五日	抵瑞金任教育人民委员

一九三五［年］二月十一日　离瑞金

二月二十三　抵福建汀州之水口被钟绍葵团俘

二十六　入上杭县监

五月九日　解到汀州三十六师师部

本作品中文简体版权由湖南人民出版社所有。
未经许可，不得翻印。

图书在版编目（CIP）数据

灵魂的自白：瞿秋白《多余的话》品读 / 陈培永编著. --长沙：湖南人民出版社，2024.10
ISBN 978-7-5561-3244-7

Ⅰ.①灵… Ⅱ.①陈… Ⅲ.①散文集—中国—现代 Ⅳ.①I266

中国国家版本馆CIP数据核字（2023）第076555号

灵魂的自白：瞿秋白《多余的话》品读
LINGHUN DE ZIBAI：QU QIUBAI《DUOYU DE HUA》PINDU

编 著 者：陈培永
出版统筹：黎晓慧
产品经理：曾汇雯
责任编辑：陈　实　曾汇雯
责任校对：张命乔
装帧设计：萧睿子　陶迎紫

出版发行：湖南人民出版社［http://www.hnppp.com］
地　　址：长沙市营盘东路3号　　邮　　编：410005　　电　　话：0731-82683346

印　　刷：深圳市彩之美实业有限公司
版　　次：2024年10月第1版　　印　　次：2024年10月第1次印刷
开　　本：710 mm × 1000 mm　1/32　　印　　张：4
字　　数：40千字
书　　号：ISBN 978-7-5561-3244-7
定　　价：36.00元

营销电话：0731-82683348（如发现印装质量问题请与出版社调换）